청소년 시선
004

잘하지는 못했지만 해냈다는 기분

이장근

쉬는
시간

시인의 말

사회생활을 하다 보니
내 주위에도 사람들이 많다.
앞에도 있고 뒤에도 있고 옆에도 있다.
그중에 내가 가장 좋아하는 자리는
옆이다.
누군가 내 옆에 있으면 든든하다.
친구와 함께 있는 기분이랄까.
그래서 나도
누군가의 옆에 있는 것이 좋다.
특히 제자들 옆에서
시를 나눌 때가 좋다.

2024년 5월
이장근

차례

1부 너에게 반했다

2부 잠시 나에게 다녀오겠습니다

3부 한 사람 두 사람 눈사람

4부 마음 가계부

시인의 산문

독서활동지

1부

너에게 반했다

주의 사항

뭔가 만져지고
점점 커지고
곪아 터지고
천천히 아물고

여드름 하나에도
기승전결이 있는데

자꾸 건들지 마세요
곪기 전에 짜려고 하지 마세요

여드름이요?
아니, 내 마음요!

소

ㅅ은 사람
ㅗ는 장애물

훌쩍 뛰어넘는 모습이

소

소심한 내가
발표를 끝냈을 때의 기분
아무도 모를 거다

잘하지는 못했지만
해냈다는 기분

그게 올해 들어
가장 잘한 일이었다

너에게 반했다

너는

반지하에 산다고 하지 않고
반지상에 산다고 했다

귀가 환해지는 목소리였다

너의 마음에
놀러 가고 싶다

너는
내가 만난

가장 빛나는 반전이다

크리스마스이브

크리스마스에 대한

기대
기다림
설렘

크리스마스가 갖지 못한 것을
크리스마스이브가 갖고 있다

그러니까 나는
내일이 갖지 못한
오늘을 살고 있는 거다

오늘은
내일의 이브니까

잡습니다

버스가 출발합니다
버스 손잡이가 흔들립니다
나도 흔들립니다
버스 손잡이를 잡습니다
흔들림이 흔들림을 만났으니
두 배로 흔들려야 하는데
반대로 균형을 잡습니다
버스가 급회전합니다
휘청 넘어지려던 사람이
덥석 내 팔을 잡습니다
나도 휘청입니다
우린 함께 휘청거렸지만
또 함께 균형을 잡습니다

눈사람

SNS를
한글 키로 바꾸면
눈이다

SNS에
눈을 뗄 수 없는 이유다

네가 올리는 글이
내 마음의 눈을 뜨게 한다는 걸
너는 알까?

눈을 감아도
너는 눈이 부시다

하늘에서
SNS가 내리는 날
너와 함께 눈을 맞고 싶다

자유롭게

화가 나면
작은 돌멩이를 하나 주워요
손에 꼭 쥐고 있으면
돌멩이가 따듯해져요
꿈틀꿈틀 새가 알을 깨고
나오는 느낌이 들어요
돌멩이 같던 마음도 꿈틀거리다가
확 트이는 순간이 있어요
새가 날아간 것처럼요
그럼 돌멩이를 닦아서
물감을 칠해요
오늘은 파랑,
내 책상에는 오색찬란한
돌멩이들이 있어요

어둠이 빛나는 밤에

친구 집에서 밤을 새웠다
옥탑방 창문으로 하늘을 보면서
이야기를 나눴다
새벽 세 시에 본 하늘은
맑고 깊었다
평소보다 별도 많았다
오래 보고 있으니
처음에는 안 보이던 별까지
흐릿하게 보였다
밝아서 보지 못했던
밝음이었다
친구는 한 달 전 여자 친구 문제로
힘들었던 이야기를 했다
그때 나도 병원에 입원해 있느라
힘들었던 이야기를 했다
우린 별을 보며
어두워서 보지 못했던
어둠을 보여 주었다

사랑해

심장은 나무
온몸 구석구석 뿌리를 뻗지

귀는 잎
부끄러움은 시시때때로 찾아오는 계절
너를 보면 빨갛게 물들어

입은 꽃
하하하 피고 싶지만
아직은 봉오리

입이 감싸고 있는 말
향기를 머금고 있는 말

내일은 꼭 말해야지
두근두근 나무가 뛰는 밤

랠리

받지 못할 서브는 넣지 마
회전을 건다든지
구석으로 주면 안 돼
받기 좋은 곳으로
공을 넘겨줄 테니까
제발 스매시는 하지 마
승부를 내는 일보다
무승부를 지켜내는 일이
더 기쁘니까
마음은 랠리
오래 주고받는 거야
기쁨도 슬픔도
네트를 넘나들다 보면
우리가 어느 편에 있어도
같은 편이라는 믿음이 생기니까

마음을 가진 품

손등이 등이라면
손바닥은 품이겠다
손바닥으로 손등을 감싸면
느껴지는 품
부르르 쥔 주먹을
스르르 풀리게 하는 품
무엇인가를 거머쥘 때보다
나눠 줄 때 넓어지는 품
포옹할 때도
슬며시 등 뒤로 가서
보이지 않는 곳까지 안아 주는
마음을 가진 품
내 손에 두 개나 있다

틈탑

돌
돌틈돌
돌틈돌틈돌

돌과 함께
틈도 쌓았구나

바윗덩이 같은 바람도
틈을 통과하면서
국수 가락처럼 갈라진다

돌탑을 지키는 틈탑

너 한 번 나 한 번
쌓고 있는 마음 탑에도
틈이 있다

빈틈이 있어 우리는
무너지지 않는다

4호기

학원 올라가는 엘리베이터
비상 호출 버튼 아래
4호기라는 글자를 발견했다
혹시 지금 타고 있는 게
비상 탈출 비행선일까
버튼을 누르면
지붕을 뚫고
구름을 뚫고
대기권을 뚫고
우주로 날아갈까
버튼에 손가락을 대 보다가
피식 웃었다
상상이 꼭 현실이 될 필요는 없다
답답한 현실을
웃음으로 뚫었으니
상상 비행선 탈출 성공이다

사진 제목

가족 앨범에는
나를 업고 찍은 엄마 사진이 있다

엄마는 그 사진을
엄마에게 업혀서 찍은 내 사진이라고 한다

나를 주인공으로 만들려는
그 마음 잘 안다

우린 조금 긴
사진 제목을 지었다

'사진 찍는 아빠를 보고 있는 엄마와 딸'

담과 사다리

친구로 지내자고 했다
담 같은 말이다
일단 그러자고 했다
일단은 사다리 같은 말

이단
삼단
사단

내 마음은
수시로 사다리를 밟고 오른다

친구 너머에 있는 네가 얼마나 근사한지
너는 모를 거다

사단
삼단
이단

사다리를 밟고 내려와
일단 친구의 자리로 돌아와 말했다

"너와 있으면
나도 근사해지는 것 같아"

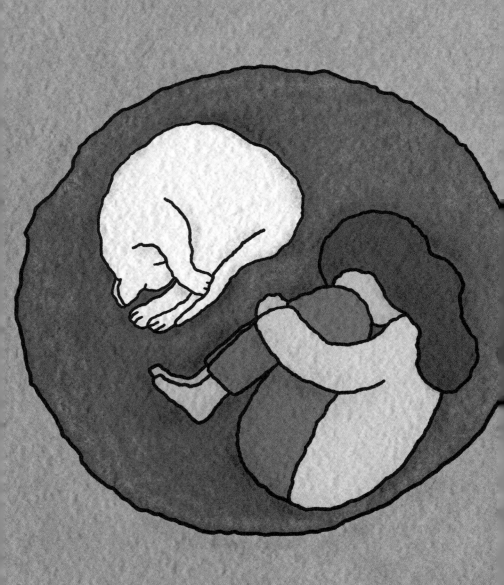

2부

잠시 나에게 다녀오겠습니다

빠진 글자

지나친다
이 말은 너무 슬프다

지친다
이 말을 닮아서

빠진 글자가 하필
나

정신없이 바쁘게 사는데
이상하게도

나에게 죄짓는 기분이 든다

화장은 과학이다

과학 샘이 자주 말씀하시지

관찰하고
발견하고
기록하라

내가 매일 하는 일이지

손거울로 얼굴을 관찰하고
더 예뻐질 방법을 발견하고
화장으로 기록하지

난 과학이 너무 좋아

잠시 나에게 다녀오겠습니다

상담실 문에
잠시 외출 중이라는
알림판이 걸려 있다

돌아서려는데
살며시 문이 열리며
선생님이 나오신다

혼자 있고 싶었나 보다
방해로부터 해방되고 싶었나 보다

잠시 외출 중이라는 말은
잠시 나에게 다녀오겠다는 말

나도 그럴 때가 있다

귀를 막고 듣고 싶은 목소리가 있다
눈을 감고 보고 싶은 얼굴이 있다

숨찬 말

뛰어왔다

숨소리가 거칠다
한숨 돌리라고 해도
말을 멈추지 않는다

말 반 숨 반
숨찬 말이 귓속으로 들어온다

뛰어올 정도로
중요한 말은 아닌데
숨과 함께 들어오니
뛰어오는 말이 되어

마음을 꽉 채운다

사실 확인서

사람과 사람 사이에
종이가 있다

얼굴 보면서 얘기하면 금방 끝날 일을
삼십 분째 종이에 쓰고 있다
종이에 글자 벽돌을 쌓고 있다

누가 언제 어디서 무엇을 어떻게 왜
사실이 쌓일수록
진실은 보이지 않는다

누가 잘했건 잘못했건
먼저 사과할 마음이 있었는데
사실을 쌓다 보니
더 높게 쌓아야겠다는
마음이 생긴다

사심에 가려
진심이 보이지 않는다

중력

나무는
비탈에서도
꼿꼿하다

중력에
집중하기 때문이다

너의 중력이 되고 싶다

비탈진 슬픔을
평평하게 해 줄 수는 없지만

꼿꼿하게
버틸 수 있게

그게 너를 더 아름답게
만들 수 있게

내가 알아서 할게

이것 해라 저것 해라 하지 마
이것 빼고 저것 빼고
해라 해라 하지 마
이것을 해도 저것을 해도
한 것 같지 않아
내가 빠진 나는
내가 아닌 것 같아
알 수 없는 힘에 이끌려
알 수 없는 곳으로 가는 것 같아
내가 알아서 할게
내가 한 것에서 나를 찾을게

전학생

나만 보는 것 같다
내 말만 하는 것 같다

"잘 지내 보자"라고 말한다는 게
"잘 지내나 보자"라고 말해 버렸다

눈 똥그랗게 뜨고
입을 다물지 못하는 얼굴들

도랑에 빠져
민망하게 굴러가는 볼링공처럼
빈자리에 가서 앉았다

이렇게 끝낼 수는 없다
선생님 말씀이 끝나기를 기다려
손을 들었다

"선생님! 다시 할게요."

바꿈바꿈바꿈

꿈이 자주 바뀌어요
또 바뀔 거라며
내 꿈을 믿지 못하겠대요

바뀌면 안 되나요?
꼭 이뤄야만 꿈인가요?

꿈꾸는 동안 행복하다면
바뀌어도 좋아요

바꿈바꿈바꿈에도
꿈이 세 개나 있으니까요

꿈의 징검다리를 밟으며
행복행복행복할래요

우주의 기를 모아

학교 앞 구멍가게

망했다
텅 빈 가게를 보니

진짜 구멍이 뚫린 것 같다

구멍이 뚫렸는데
구멍이 막힌 기분은 뭐지?

점심시간에 몰래 나가
과자 사 올 일도 없겠다
수업 중에 몰래 빨던
사탕은 어쩌고

몰래가 빛나지 않는 우주
달콤한 상상도 이제 끝인 건가?

구멍가게 자리에

떡볶이 가게나 들어와라

우주의 기를 모아
기도하는 중이다

바이러스

바이러스 돌아다녀
숙주 찾아 기웃기웃
감염자가 늘고 있어
볼때기가 빨강 빨강
입꼬리가 히죽히죽
여친 만나 남친 만나
여기 커플 저기 커플
하트 뿅뿅 날리는데
나는 뭐야 이게 뭐야
바이러스 어디 갔어
사귀다가 헤어져서
눈물 콧물 쏟더라도
나도 커플 되고 싶다
부탁이야 바이러스
나한테도 들어와 줘
옆구리가 허전해서
꽃샘추위 따로 없네

삼총사의 삼 년 계획

연두, 지혜, 나
우리 삼총사는
일주일에 천 원씩
삼 년을 모았다

여행을 갈까
우정 반지를 맞출까
고민 끝에
다시 모으기로 했다

삼 년 후에도
딱히 뭘 하자는
계획은 없다

천 원씩 모으기 위해
삼 년을 만났고
또 삼 년을 만날 테니까

마중물

내 이야기를 듣던 너의 눈에
눈물이 고였다
꾹 참고 있던 내 눈물이
꽉 막혔던 슬픔이
콸콸 쏟아진다
눈물이 눈물에게 손을 내밀었을까
캄캄한 곳에서 어서 나오라고
힘껏 당겼을까
울어라 울어라 톡톡
등을 두드려 주는 너의 손
눈물을 비워내고 나니
마음이 허전하다
거기 슬픔 말고
다른 것을 채우고 싶다

바다로 가는 버스

왔다
정해진 노선으로 달리는
버스가 아니다
신대륙을 찾아가는
콜럼버스다
폭풍은 두렵지 않다
성장이라는 단어로 맞서겠다
이래라저래라
사공만 많은 배는 싫다
산으로 가는 배에서 내려
바다로 가는 버스를 타겠다
하라는 공부는 안 하고
음악 같지도 않은 음악을 만든다는
말을 들을 때
솔직히 나는 통쾌하다
그게 내가 찾아가는
신대륙이니까

괄호

초승달이 떴다
괄호를 열어 놓았다

그 안에 넣고 싶은 말이 있다

너의 이름과
나의 마음이 만난 말

괄호를 닫을 수 없어
영원히 끝나지 않을 것 같은 말

(시후야, 사랑해

3부

한 사람 두 사람 눈사람

행운

살아 있다는 것은
행운이에요

심장은
우심방, 우심실, 좌심방, 좌심실

가슴속에서 자라는
네잎클로버예요

블루투스

선이 사라졌어요
키보드도 마우스도 이어폰도

선이 있을 때보다
더 먼 거리에서도 연결될 수 있어요

그러니까 엄마,
너무 걱정하지 말아요

탯줄은 사라졌지만
우린 연결되어 있어요

멀어진 게 아니라
우리의 영역이 넓어진 거예요

한 사람 두 사람 눈사람

전화 소리에 깼다
두 손으로 꾹 눈덩이 뭉치듯
내 이름을 부르는 목소리
초등학교 때 단짝이다
눈덩이 굴리듯
이야기가 흘러나온다
평소 그리워하던
친구들 이름도 섞여 있다
한번 뭉치자는 말에
마음은 벌써 눈덩이를 굴리고 있다
너는 머리를 만들고
나는 몸을 만드는
눈사람 약속
벌써 기다려진다

나에게 달렸다

나무는

어느 쪽이 품이고
어느 쪽이 등일까

나에게 달렸다

내가 등을 대고 있으면
모두 등 같고

내가 안아 주고 있으면
모두 품 같다

품을 잃은 나무가
내 마음에 자란다

아프게 헤어졌어도
좋았던 추억까지 등을 보이지 말자

미움도 결국
등을 보이는 사랑이다

기다란 기다림

기다린다는 건
기다란 그림자를
갖는 것

멀어지는 뒷모습을 보면서

무슨 일이 있나 걱정은 되지만
무슨 일이 있어도
기다리겠다는 마음을
갖는 것

가로등 같은 마음으로
길을 비추다가
네가 한 걸음씩 다가올 때마다
짧아지는 그림자를
갖는 것

그럼에도 불구하고

한 달 전
전기톱에 가지가 잘린 나무에서
새 가지가 나오고 있다

그리고
그러나
그래서

접속어처럼 나오고 있다

작고
여린데

보고 있으면
크고 강한 마음이 싹튼다

나비의 마음

올해 첫 나비를 봤다
흰색이었는데
민들레꽃 주위를 돌고 있었다
별에 착륙하는 우주선처럼
직선으로 착륙하지 않고
민들레꽃 향기의 궤도를 따라
빙글빙글 돌다가
사뿐히 착륙했다
꽃 한 송이를 찾아가는
나비의 마음이었다
직선으로 가면 튕겨 나와
우주 미아가 될까 봐
네 주위를 돌고 도는
내 마음이기도 했다

네가 내리는 역

눈 위에 찍힌 발자국이
예쁘다

발자국 뒤에
내 발자국을 찍으며
걸었다

한참 가다 뒤돌아보니
촘촘한 발자국이
기차 레일 같다

레일 위로
기차가 달려오면 좋겠다
거기 네가 타고 있었으면 좋겠다

내리는 곳은
내가 있는 곳

내가 너의 역이었으면 좋겠다

화요일

6월이잖아요
불붙기 시작했어요
불덩이가 복도를 돌아다녀요
물장난이라니요
진화 중이었어요
반성문 종이는 멀리 치워 주세요
금방 옮겨붙을 거예요
물총이 아니라 소화기라고요
압수라는 말을 압수해 주세요
얼마나 급했으면
손에 수돗물을 받아 뿌렸을까요
흠뻑 젖은 옷은
살기 위한 몸부림이었어요
불같이 화만 내시지 말고
시원한 물 한 잔 마시면서
생각해 보세요, 오늘은 화요일
7교시까지 있는 날이잖아요

시간은 금이니까

집에서 학교까지
버스 한 번에 가면 35분
버스로 가다가 중간에 내려
지하철로 갈아타면 25분 걸린다
갈아타는 것이 지름길이지만
나는 한 번에 가는 것이 좋다
10분을 벌기 위해
쫓기는 마음으로 가고 싶지 않다
시간은 금이니까
10분이라도 아끼라고 하지만
시간은 금이니까 이러는 거다
가는 시간도 금이니까

미로 탈출

'다 같은 것은 같다'

거꾸로 해도 같은 말은
미로 같다

처음부터 끝까지
같은 목소리 톤으로 수업하시는
선생님 같다

칠판이 아른거린다
눈꺼풀에 힘이 풀린다
늪에 빠지는 기분이다

나가야 하는데 나가야 하는데
오늘도 우리는

'다들 잠들다'

이상한 잠버릇

이상한 잠버릇이 생겼다
새벽 6시에 깨서 10분 정도
양반다리로 앉아 꾸벅꾸벅 졸다가
다시 누워 잔다
알람은 7시에 맞춰 놓았는데
꿈을 꾼 것도 아닌데
도대체 무엇 때문에 깨는 걸까?

중요한 일이 있는 사람처럼 깼다가
중요한 일을 잊은 사람처럼 앉아 있다가
중요한 일을 잃은 사람처럼 잔다

이렇게 살고 있는 나를
이렇게 살기 싫은 내가

흔들어 깨웠을까?

아름다운 신호

건널목은 긴데 신호는 짧다
지팡이를 짚고 가는 할머니가 있어서
손녀인 척 옆에서 걸었다
할머니는 열심히 속도를 냈고
나는 열심히 속도를 줄였다
예상대로 건널목을 건너기도 전에
신호가 바뀌었다
어림잡아 10초는 더 가야
도착할 것 같았다
그런데 신기하게도
경적을 울리는 차가 한 대도 없었다
사람들 마음에
신호등에 없는 신호가 켜진 것 같았다

벤치랑 나랑 구름이랑

'랑'자 붙이기 놀이를 좋아한다
'랑'자는 손 같은 말
혼자 있는 것에 혼자 있는 내가
손을 내미는 말
혼자 공원을 산책하다가
혼자 있는 벤치에 누워
벤치랑 나랑 하늘을 본다
누워서 하늘을 보는 게
너무 오래간만이다
말을 걸듯 모양을 바꾸는 구름
벤치랑 나랑 구름을 초대해
벤치랑 나랑 구름이랑
밀린 이야기를 나눈다

동지에는 동지 하자

밤이 가장 긴 날을 기념하다니
너무 낭만적인 발상이다
팥죽을 먹으며 고흐의 그림
<별이 빛나는 밤>을 떠올린다

팥은 밤이고
밥은 별이고
새알은 달이고

입안이 낭만으로 가득하다
동지라는 말에는 이런 뜻도 있다
'목적이나 뜻이 같은 사람'

친구야,

아무리 밤이 길어도
동지와 함께라면 건널 수 있다

(x, y)

x도 아니고
y도 아니다

행복의 좌표는

가운데 찍힌
쉼표다

4부

마음 가계부

모르는 나

가만히 있는데
갑자기 몸이 튕길 때가 있어
반사적이랄까?
보이지 않는 손이
내 몸 어딘가를 고무줄처럼
당겼다가 놓는 것 같아
나는 이런 튕김이 좋아
내가 모르는 내가 깨어나는 것 같거든
베이스 기타를 튕길 때도 그래
기타 줄을 튕기다 보면
어느 순간 내 몸도 함께 튕겨
심장까지 전해지는 진동
뭔지는 모르지만
내가 뭔가가 된 것 같아
가만히 있는 세상을
내가 튕기는 것 같아

마음 가계부

가계부를 쓴다
돈 대신 마음을 적는다
하고 싶어서 하는 일은 수입
하기 싫은데 하는 일은 지출
지출이 많은 날은
마음에 구멍이 난 것 같다
하고 싶은 일만 하고 살 수는 없다는 것쯤
나도 안다
아니까 쓰는 거다
지출도 내 마음이니까
마음도 모르고 사는 사람이야말로
진짜 가난하니까
구멍을 꿰매듯 꼬박꼬박
일기를 쓴다

빛나는 물결

오디션을 준비하는 친구와
SNS를 주고받다가
마지막에 이런 문장을 보냈다

두드려라 ~ 것이다

친구가 물결에 들어갈 말을
여러 개 보냈다

부서질
손만 아플
시원할
신날
음악이 될

정작 들어갈 말은 빼고 보냈는데
이상하게 믿음이 간다

세상 그 어떤 문도 열어 버릴 것 같다

만화 꽃이 피었습니다

술래가 된 것 같은 날이 많았다
세상이 나를 따돌리지도 않았는데
내가 세상을 따돌리지도 않았는데
세상과 나는
같은 편이 아니라는 막연한 기분
그때마다 만화를 그렸다
팔에 얼굴을 묻고
"무궁화꽃이 피었습니다"를 외치듯
막연한 기분을 만화로 그렸다
그런다고 막연한 기분이
선명해지지는 않았지만
작은 위안이 되어 주었다
어느새 만화 그리는 일은
세상과 나의 놀이가 되었다
내가 그린 만화를 보고
움찔 마음이 들킨 친구가
내 쪽으로 걸어와 새끼손가락 걸듯
말을 걸어올 때가 있다
마음에 만화 꽃이 피는 순간이다

홍길동의 후예

몸은 하나인데
수행 평가가 한 주에 몰렸다
나를 나를 나를
컨트롤 C 컨트롤 V
해야 했다
진짜 나는 누구인가?
잃어버리지 않으려고
안간힘을 썼다
교문을 벗어나니
몸이 무거워졌다
축지법도 통하지 않았다
집에 가서 자고 싶은
마음이 간절했다
그게 내가 바라는
율도국이었지만
학원 시간이 요괴처럼
입을 벌리고 있었다

잠망경

스마트폰을 보다가 문득
잠망경을 보는 기분이 들었다

고개만 들면 물 밖인데
드넓은 세상인데
나는 왜 내 인생을
잠수함으로 만들고 있을까?

고개를 뒤로 젖혔다
목덜미가 뻣뻣하다

하늘에 낮달이 떠 있다
초승달이다

물 밖으로 나온 잠수함이다

우리의 소원

학원 끝나고
친구들과 집에 오는 길에
보름달을 봤다

우리는 걸음을 멈추고
소원을 빌었다

지혜 손 위에 내 손
내 손 위에 연두 손
살며시 포개고

우리의 소원은
우리로 시작하는 작고 소중한 것들

연두 손과 지혜 손 사이에서 느끼는
온기가 좋았다

내 손을 빼서 연두 손을 감싸며
한번 더 소원을 빌었다

열림 버튼

엘리베이터가 도착했다
조금 먼 거리였지만 뛰었다
양손에 들린 짐이
정신없이 춤을 췄다

다행히 문은 닫히지 않았다
엄마와 함께 탄 아이가
열림 버튼을 꾹 누르고 있다
엄마의 양손에도 짐이 들려 있다

버튼의 빨간 불빛이
아이의 검지에 피어 있다
꽃 이름은 열림 버튼
꽃말은 기다림이다

홍시 마음

외할아버지가 보낸 감을
엄마는 베란다에 예쁘게 널어놓는다
홍시가 될 때까지 기다려야 한단다
외할아버지가 감 딸 때를 기다린 것처럼
기다림을 기다림으로 맞는다

나도 기다리고 있다
홍시가 되어 돌아올 너의 마음
내가 고백할 때를 기다린 것처럼
곧바로 대답하지 않고
일주일만 기다려 달라던 너의 목소리가

귓속에서 익고 있다

세수

구름 사이로
얼굴을 드러내는 달

비누 거품을
물로 씻어내는 것 같다

흥! 코를 풀어 준 다음
깨끗한 물로
두어 번 더 씻겨

수건으로 톡톡
닦아 주던 때가 생각난다

행복한 순간

나뭇잎 사이로
햇빛 들어올 때
바람이 불어
반짝반짝 황홀하게 빛날 때

눈을 감는다

눈꺼풀 속으로 들어오는 햇빛
아른거리는 별들이 마음의 궤도를 따라
운행하는 것 같은

내 마음에 있는
우주를 본 후

눈을 뜨면

세상이 더 아름답게 보인다

쪽잠

학원 끝나고 집에 오니
밤 11시다
몸은 모래성처럼 무너졌는데
잠이 오지 않는다
모로 누웠다가
바로 누웠다가
엎드렸다가
모래시계를 뒤집듯이
자다 깨다 자다 깨다
쪽잠을 잔다
시험 기간에는
잠도 쪽을 가진다
쪽과 쪽 사이 끼워 놓은
네잎클로버처럼
좋은 꿈이라도 꾸고 싶다

깁스

깁스를 풀었더니
팔뚝에 털이 수북하다
징그럽다

빛 한 줄기 들지 않는
동굴 속에서도
자라는 것이 있구나

금 간 너와 나 사이도
어둠에 갇힌 시간 동안
그리움이 자라기를

깁스를 푸는 날
털북숭이 마음으로
징글징글하게 붙어 다니자

1%

%를
45도 기울이면
옹
.

언제나 '옹'이라고 해 주는
한 사람이 있어서

나에겐 내가 있어서

뭐든
할 수 있다

시인의 산문

마음은 섬이 되고, 섬은 시가 되고

마음은 섬이 되고, 섬은 시가 되고

    섬을 여행하다가 오래 머물고 싶은 곳을 만났다. 혹시 빈 집이 있을까 주위를 둘러보다가 아담한 건물을 발견했다. 입구에 '시 갤러리'라고 쓰여 있어 반가운 마음으로 들어갔다. 벽에 시들이 커다란 그림처럼 걸려 있었다. 한 권의 시집 안에 들어와 있는 기분이었다.

    어떤 시에서는 미소가 지어졌고, 어떤 시에서는 오래 생각에 잠겼다. 그중에 누구에게도 이해 받지 못했던 마음을 꼭 안아 주는 시가 있었다. 그 시 앞에 소파를 놓고 날이 저물도록 앉아 있고 싶었다. 스르륵 잠이 들면 벽에 걸려 있던 시가 담요로 변해 몸을 덮어 주는 상상을 하면서…

    꿈이었다. 너무 생생해서 잠에서 깬 후에도 한동안 천장을 바라보고 있었다. 꿈이었다는 사실이 조금 슬펐다. 더 슬프기 전에 이불 밖으로 나와 일기를 썼다. 잊어버리기 전에 기록해 두고 싶었다. 기록해 두니 조금 덜 슬펐다.

    꿈은 간절한 소망을 나타낸다고 한다. 아마도 이번 시집을 준비하면서 소망의 농도가 짙었나 보다. 어떤 소망일까?

    마음이 섬 같을 때가 있다. 저마다 이유는 다르겠지만 사람들과 함께 있으면서도 '혼자'라는 단어가 떠오를 때다. 어쩌면 심장은 몸이라는 바다에 떠 있는 섬일지도 모르겠다. 그런 의미에서 사람들은 각자의 섬을 품고 산다.

섬에 사람이 살지 않으면 무인도라고 부른다. 하지만 너무 걱정하지 않아도 된다. 단 한 사람이라도 살면 무인도가 아니니까. 내 심장에 내가 살고 있으면 되니까.

이번 시집에는 '마음'이라는 시어가 자주 등장한다. 내가 가르치는 제자들의 섬에 닿고 싶은 소망이 반영되었나 보다. 예전에는 제자가 문제가 될 만한 행동을 했을 때, 그런 행동을 한 이유를 찾으려고 했다. 이 시집을 쓸 때는 그렇게 행동한 마음을 헤아리려고 애썼다.

논리는 이해를 돕지만, 이해했다고 모두 행동하지는 않는다. 마음이야말로 행동하게 하는 힘이 있다. 마음은 이해할 수 없는 일도 행동하게 하지 않던가.

제자의 마음을 헤아리는 일은 '혼자'라는 단어를 품고 있는 제자의 섬에 찾아가는 일이다. 폭풍이 심해서 배를 띄울 수 없을 때도 있지만, 어렵게 닿은 섬일수록 진심으로 맞아주는 '혼자'가 있다. 마치 섬이 울어서 폭풍이 쳤다는 듯이.

그런 의미에서 이번 시집은 섬의 이야기다. 시집을 펼치면서 내가 꿈에서 방문했던 '시 갤러리'로 들어오기를 간절히 소망하면서…

재작년 5월부터 '시 일기'를 쓰고 있다. 행과 연을 가진 시의 형식에 일상을 기록하는 것인데, 산문 형식으로 썼을 때는 한 달도 못 돼서 포기했던 일기가 시 형식으로 쓰니 지금까지 지속되고 있다. 수업하다가 제자들에게 읽어 주곤 하는데, 잠깐 공부를 쉴 수 있어서 그런 건지, 내용이 좋아서 그런 건지, 제자들이 먼저 읽어 달라고 하는 때도 있다.

시집이 언제 나오냐고 제자들이 물을 때마다, 지금 읽어 주는 건 시가 아니고 일기라고 말한다. 그럼, 제자들은 고개를 갸우뚱한다. 사실 어떤 일기는 시에 가깝다. 그래서 이번 시집에 '시 일기'에 썼던 것을 여러 편 실었다. 시집이 나오면 수업 시간에 들었던 거라며 반기는 제자들이 있을 것이다.

시는 일상과 다른 세계에 존재하는 것이 아니라 일상의 한 부분이라고 생각한다. 일상에 놓은 징검돌이랄까. 시 없이도 살 수 있지만, 시가 있으면 삶이 더욱 아름다워진다. 나는 힘들 때마다 시를 딛고 절망을 건넜다. 좋은 건 나눠야 한다. 밥 위에 얹어 주는 반찬처럼 제자들의 일상에 시를 얹어 주고 싶다.

작년에 처음으로 '시 일기'를 수업에 적용했다. 2주 정도 제자들에게 매일 한 편씩 쓰라고 숙제를 내준 후, 마음에 드는 것을 한 편씩 골라 발표하는 시간을 가졌다. 놀라운 일은 제자들 대부분이 숙제를 해 왔다는 것이다. 시를 쓰라고 했거나, 일기를 쓰라고 했으면 불가능한 일이었을 것이다.

친구들을 놀라게 한 '시 일기'가 많았다. 평소 친구들에게 보였던 모습과는 다른 마음이 담겨 있었기 때문이다. 경이로움은 손바닥과 손바닥을 마주치게 했다. 친구들의 박수 소리는 제자의 섬까지 들렸으리라. 일기를 썼는데 시가 되어 버린 경험을 나누는 시간이었다. 발표하기에 앞서 칠판에 큼지막하게 쓰는 문장이 있다.

'너의 마음에 놀러 가고 싶다.'

독서활동지

▷ 가족사진을 찍어 본 적 있나요? 「사진 제목」(24쪽)처럼 사진의 제목을 지어 볼까요?

....

....

....

▷ 전학을 갔거나 반에 전학생이 온 경험이 있나요? 그때 첫인사를 어떻게 했었나요?

....

....

▷ 나의 꿈은 무엇인지, 바뀌기 전의 꿈은 무엇이었는지 말해 봅시다.

....

....

....

▷ 「삼총사의 삼 년 계획」(43쪽)처럼 꼭 붙어 다니는 친구들이 있나요? 있다면 그 친구들에 대해 소개해 봅시다.

....

....

....

▷ 이 책에서 인상적인 시구절을 넣어 그림(또는 만화)으로 표현해 볼까요.

▷ 이장근 시인은 「시간은 금이니까」(61쪽)에서 집에서 학교까지 가는 방법에 대해 이야기합니다. 나의 등굣길은 어떤가요?

....

▷ 「마음 가계부」(72쪽)에서는 일기 쓰는 일이 가계부를 쓰는 일과 같다고 말합니다. 오늘의 마음이 어땠는지 일기를 써 봅시다.

....

....

....

잘하지는 못했지만 해냈다는 기분
2024년 5월 20일 1판 1쇄 펴냄

지은이   이장근
내지그림   이장근
펴낸이   김성규
편집   김안녕 조혜주 한도연
디자인   신아영 신혜연
펴낸곳   쉬는시간
주소   서울 마포구 동교로 17길 65, 501호
전화   02 323 2604
팩스   02 323 2603
등록   2019년 9월 3일 제2022-000287호

ISBN 979-11-984300-4-5 44810
ISBN 979-11-984300-0-7 (세트)